現代歌人シリーズ
36

ハビタブルゾーン

大塚寅彦
Otsuka Torahiko

書肆侃侃房

ハビタブルゾーン＊もくじ

装幀・カバー写真　毛利一枝

I

ハビタブルゾーン

蓮の花ひかりほどかむ朝まだき亡き父母近し老い初めし身に

古びたるアルバムたどるわが眸《まみ》にふと宿りたり死者のまなざし

古るほどに蒼々《さうさう》として迫り来る家の過去ありアルバムのなか

母の差す日傘のしたに影踏みて衛星のごとたましひありき

抱かれし父母《ふぼ》の温もり遥けくもなほ今もあり春の陽だまり

活発の男《を》の子ならぬに刀背負《しよ》ひ、なに夢想せし幼子のわれ

素朴なる昧《くら》き日本はわが母の声にて「死なむ」と言ひきアポロを

かかる国とわが戦ひき　月に立つ星条旗《フラッグ》に父つぶやきし夏

兵たりし父なり戦《いくさ》は現身《うつしみ》のかそけき創にとどめゐしのみ

終戦後米軍のもと働きし父が思ひよ　写真《フォト》のまなざし

ＵＳＡＦのトラックに乗る若き父なに思ふらむ古きアルバム

遠き日に自転車店を営みし父なり廻《めぐ》る輪のひかり吊り

遙かなる星の自転に合はせつつ銀輪《リム》めぐりしか自転車店に

みづ涸れし底ひを歩む父の背の夢うつつなる内《うつ》津《つ》川《がは》あり

里川の変はらざれどもちちははの記憶流されまつさらの町

洗礼を夢想し独り水触れし故郷《さと》の川いまは砂礫を曝す

父母すでに心の伏流　陽をしろく反して内津川《うつつがは》の底見ゆ

嗚呼うつつかなと告《の》りける武尊《みこと》より涙珠《るいしゅ》落ちずやその川水に
遠つ世のごとく瑪瑙《めのう》のあかさなる三日月出でぬ勾玉のごと

いま薙ぐはいかなる草ぞ朝かげのさす聖剣の熱田詣でぬ

女《め》の神を映せるひかり封じたる鏡は伊勢の宮の奥処に

手鏡持ち鏡に立てば円形の無限の回廊わが胸に開《あ》く

地球照《ちきうせう》に翳の明るむ月球のつひに孵化せぬ卵《らん》のごとしも

軍曹の若き父立ちフラッグを引き抜く夢を見せよつきかげ

卵《らん》とめぐりあへぬ精子と見るときに流星群はさびし夜空に

異星語のごとし梵字は　マニ車回して読めぬ経を誦しし日

棘満ちて祈りの響き立つる円筒《つつ》オルゴール〈月の光〉零せり

メアド無きメールか短歌《うた》は　遺影にて君笑まふなり@heaven《アット・ヘヴン》に

冬部屋の陽に身を伸べつ想ひ出の生存領域《ハビタブルゾーン》きみがほほゑみ

汝《な》が微笑ほどの光をたたへたる浮雲ひとつ遠ざかりゆく

Ⅱ

幽明

鳥辺野と呼ばれしあたり歩む秋　飛ぶ鳥あらばとほつ世の魂《たま》

輪廻など語ることなく六道の辻を行きたり癌病む女《ひと》と

六道の辻地蔵尊の斜向かひ〈幽霊子育飴〉ひっそりと在り

遠き夜の店の由来の女《をみな》めくきみは店主《あるじ》とひた語らひき

子《こ》は苦《く》とふ音に通ふか琥珀《こはく》飴〈幽霊子育飴〉に購《か》ひにき

参議篁ふいに出で来る未明《あけ》なきや冥府通ひの井戸のしづもり

伏見稲荷〈不死身《ふしみ》〉の音に通へれば不安もつ身の人と連れ立つ

赤き鳥居つらなる先にふと逸れるひと見失ふことを惧《おそ》れし

合はせ鏡の無限回廊とも続く朱の鳥居なり脚おもく行く

果てあらぬごとき鳥居のあかあかと惑はしめずや気のおもく清《す》む

半月の翳とも癌のきざす身の癒しの願ひもつ人に添ふ

そのいのち浄むるよすがともならむ病《やまひ》と思ひき結界を行き

ちちははは癌に逝きにき幽明のさかひに浮かぶ遠きおもかげ

人の世の涯《はたて》のごとく蠟燭のあまたの炎揺らぐ堂あり

想念の揺らぎゆらめき蠟燭の炎《ひ》は思はざるひとの面《おも》見す

〈谺ヶ池〉亡き人想ひ手を拍《う》たば声かへらずや幽明のみづ

秋水を響《な》らして己が死を得たる三島おもひし師や病む日々に　（師・春日井建）

病む友と師はヴェネツィアの島行きき〈全円の幸《さち》〉と月蝕詠みき

何ほどのこともあらずと死を言ひし師の心思《も》ふ病む人とゐて

琥珀とは秋のゆふべの色にして京めぐりたる想ひ出のいろ

癒の水辺

山深く癒《ゆ》の水辺へといざなへる精霊あれよ病む人のため

天命開別尊《あめみことひらかすわけのみこと》の世湧き出でし地を大清水とふ

伊吹山神の息吹きと湧き出づるみづ汲む人の絶えぬみやしろ　（泉神社湧水）

荒ぶれる世も滾々《こんこん》と湧きゐしか関が原近き山の湧きみづ

大旱《おおひでり》に打ち鳴らしたる大太鼓ひそめる宮のしじま歩めり

癒《ゆ》を求め溢るる神のみづ汲みし無数の人に今つらなりぬ

水汲み場あまたの器ひとびとの心のうつは　みづ溢れゆく

杉大樹苔むす幹に手触れゐるひとは乞へるか生のオーラを

森木々の萌ゆるみどりのとりどりのひかりに失せよ人の身の蝕《しよく》

まどかなる月かげなれよ身の癌の翳りを抱《いだ》きひと眠る夜

茫眉

鳥のこゑ聴きて鳥居の丹《に》の字くぐり六所の宮に今朝も詣でぬ

かさこそと落葉踏むとき人あらぬ六所の宮のひそけさ深し

〈征露戰捷祈願〉の字ある手水鉢ひやりと秋の素水そそげり

合掌のわがまへかさりと音立つる雀子は誰《た》ぞ落葉の宮に

血紅のかへで葉の五指そよぐひる抗癌剤に耐ふるひと想ふ

息の緒をたぐる思ひか余命とふ一日《ひとひ》一日《ひとひ》を女《ひと》の生くるは

ひとつ浮く雲は笑むのみ秋深きそらに何をか問ひかくるとも

茫眉《ばうまゆ》は雲の翳さすかそけさに小面にありかなしみのごと

ほのか開く能面の唇《くち》　声ならぬ声ぞ洩らせる秋のあらずや

眉ゑがく女《め》のゆびさきのやはらかにいのちを灯す仕草とも見つ

眉月のほそき光の生の日々ひとをし想ひただ仰ぎ見る

銭湯の〈ゆ〉の字点れば止まりゐし鴉いづこへ　秋暮れむとす

看板の〈ゆ〉の赤き字がゆらゆらと手招きしをり古き町の湯

町の湯の記憶とほきに赤き〈ゆ〉の点れば父の広き背うかぶ

生まれきて滅びゆく意味什麼生《そもさん》と問ふがに空に星々の耀《て》る

朝のテラス

余命告知されたる君とその母を乗せて行きたりホテル〈花水木〉

花々の咲《ゑ》まひと共に母子の笑まひ永遠《とは》となしたしカメラにとどむ

早逝のわが母想ふ母と娘《こ》の面《おも》あかるめる朝のテラスに

車椅子押して知りたりわづかなる段差さへ世の〈隔て《バリア》〉なること

君と観し〈ロレンス〉映画の井《ゐ》に今も湧く水あれよ砂漠の生に

君のゐる病棟の窓いまいちど仰ぎて帰るゆふづつのとき

ほつたりと夕月出でて願はしむ病み重き身の癒えゆく明日を

光わすれず

片側に見えぬ死を載せ保ちゐる静けさありぬ昼のホスピス

番号の末尾４《し》の無き部屋の戸のひそけく並ぶ廊を歩めり

睡るなく醒めず病者の語る辺にただ坐してをり何をか聞かむと

生きてある実感きみに沁みゆけと口に運べりわづかなる餉を

生たもつことを否める君の頬《ほ》の痩せし月の光《ひ》むねに刺しくる

旅の写真あれこれを見すその記憶うすれゆくがの表情を怖じ

余命告知されたる君と旅すべく車椅子購《か》ひ自動車《くるま》に積みし

一《ひと》日《ひ》一《ひと》日《ひ》なにが心を満たし得む如何なる表情いかなる言葉

可能なる限りの治療なすためと高速バスに耐へしきみ想ふ

ひとの乗る車椅子押す嬉しさよいまここに在る重み感じて

車椅子の君どこまでも押しゆかむ死も患ひも振り切るまでに

涙するときは涙も振り切らむひた押しゆきて見たき見せむと

南京街雑踏分けてひた押せり「クルマイスイイヨ」の声を抜けつつ

ともに見し神戸の夜景ふたたびを見むと約するための街の灯

限られし生《よ》にあらずともその表情刻まんと見き街に車に

ベイシェラトンより見はるかす神戸港六甲へ続く光わすれず

船の灯はひと夜消えずや神戸港地震《なゐ》の災禍ゆ甦《かへ》りしひかり

ここに来てまた共に見よ　六甲の光は言ひき望む夜景に

一人する旅はこののち独りなる想ひの旅や記憶なぞりて

夜となりし病院はただ重層のひそけさに立ちわが歩み吐く

Ⅲ

きみ逝く

さくら散るときを選びし君なるや魂鎮めとも花びらの舞ふ

昏き意識と君なりゆかむ院の甃《いし》散り敷くさくら踏みて来たりぬ

「おとうさんお地蔵さん」の譫言《うはごと》は幼《をさな》の君か亡き父と逢ひ

丸顔にあらざるとふに「おとうさん丸顔」といふ　慈顔見えしや

蒼然とさくら降るなりあえかなる息に吾《あ》を見るきみ目守《まも》るとき

ふいにしづかな君と気付きて触るる頰《ほ》の冷たさわれの心奥を刺す

枕辺に立つ母の手を握りつつ汝《な》は逝く胎児のこころ甦《かへ》りて

汝が願ひかなひて母の手を握り声なく逝けり睡るごとくに

胎内の芽生えのようにゆらゆらと光の紐を握りしめたい　（もりき萌『M子』）

光の紐たぐり得たるかみづからを産みたる母の手を握りつつ

幾そたび面《おも》見る君は現世を脱《ぬ》けつつあらむ癌の翳失《う》せ

「ゆくな」とふ言葉は出でず　面《おも》見つつ「ありがたう」のみわが口を出づ

胸水と腹水を採る管もまた冷えゆくならむ魂《たま》失せし身は

マンションのあるじ失くしし部屋ぬちの沈黙に置く脱けがらの衣《きぬ》

旅好きの君が最後の旅立ちのほほゑみ清《すが》し葬の遺影に

生ともす聖夜の星として購《か》ひしブローチ遺影の胸を飾りぬ

君と行きし最後のイヴの華やぎの街想はせてブローチの光《て》る

ホスピスと斎場つながりゐる如く黒き車待つ　外の眩さ

幾たびか共に歩みし街の陽は春なり焼き場へ向かふバスより

火葬するけむりますすぐに大空も超えて昇れよきみがたましひ

身熱のごとき余熱を籠らせて炉より出でたり君の骨片

余剰なき骨《こつ》の浄さよ火のなかに癌は消えたり君を失《う》せしめ

汝が記憶坐す部屋ぬちの車椅子けふ花冷えに金属は冴ゆ

車椅子抱へて階段下《お》りし日や腰痛持ちのおのれ忘れて

あづさゆみ没《い》るさの春のひかり射しなほあかあかと心《しん》の奥処は
砕きたる心のごとき錠剤のかけらを夕べ飲まししを想ふ

祈るがの念ひに口に入れやりしドリアが終《つひ》の夕餉となりぬ

「幽霊になつて出ていい？」「ああだけど明るく出てね」その笑顔にて

髪長く細身の君はユーレイが綽名と言ひき若き日のこと

名のままの笑む面ざしを忘れざり〈M《えむ》子《こ》〉と君をわが呼びし日々

春愁をさらにかなしき季《とき》となす君が永訣　花散らふ日を

花散りてまためぐる春待つ樹ならむホスピスの庭に変はらず立てり

君が見し終《つひ》の花なる緋寒ざくら散り果てし路ひとり歩めり

不在

汝《なれ》と庭見しホスピスの終《つひ》の春なほ残れども季《とき》はうつらふ

汝《な》が不在埋めむと燃ゆる躑躅《つつじ》とも見れど雨降るわが誕生日

わが幼さ蝸牛《くわぎう》のやうに這はしめよ女《め》の紫陽花の大き花毬

人の頭《づ》の大きさほどの花毬の否《いな》とも揺れて〈不在〉深しも

あぢさゐの色うつろへど君あらぬ日々変はるなし花毬《はな》に降る雨

晴れながら潤むおほぞら明るさは還らぬ女《ひと》の笑み見せるのみ

空見ればおほき虚《うろ》なり花咲けば色むなしきよ君在らぬ世は

うち咲《ひら》く夢の高みを共に見し花火の空ぞわが生の夏

連綿の〈ゆめ〉の字ゑがく香の煙《けむ》手向けやるのみきみが遺影に

或《ある》は紗のごときものなる幽明のさかひは香《こう》の煙《けむ》立つなかに

欠落を日々深めつつ声いまも聞こえ来るなり遺影の笑みは

おほどかの夕月見ゆと知らせ来しメール残れり絶えしメアドに

他界よりメール来る夜やいつかある氷《ひ》の転ぶがの着信音に

癒《ゆ》のひかり願ひし月の面差しは変はらざれども吾《あ》を見る如し

「だつて君は死んでゐるだろ」夢に見し面《おもて》に言ひきふいの目覚めは

虹の魂《ひ》

墨染めのころも翻《かへ》して疾駆せるバイクの僧あり黒南風《くろはえ》の辻

叩き降る雨だにこころ洗ふなく車走らす川沿ひのみち

死によりてたましひの色変はるらむ際やかな虹の七彩あふぐ

残されし魂《ひ》とも仰げり切れはしの虹ほのかにも架かるゆふぐれ

昇りゆくみ魂《たま》あらずや雲の間ゆ光のスロープなだらかに射し

雲間さす光とも吾《あ》を照らしにき思ひくれたる君がこころは
しろがねのことば携へゐるごとく寺苑の蜻蛉《やんま》ホバリングせり

君と来て癒《ゆ》を願ひたる御仏の慈顔や孤りいまはなに祈《ね》ぐ

頭《づ》の芯の痺るるまでの残暑の陽ただしんしんと百日紅闌《た》く

炎天のおほつりがねに潜みゐむ魔こそ覚めたれおんおんの韻

碑なき墓処

わらわらとほぐれ咲きつつ白木蓮《はくれん》は嘉《よみ》するごとし春のさびしさ

秘められし紅花ありと思ふまで白梅の苑咲き満ちさむし

しろき蝶けむりの如く翔ちゆきし苑生は碑なき墓処《はかど》ならずや

復活祭《イースター》に君は逝きたりひしひしと冷えたるたまご朝の餉に割る

卵白はかたまりやすき泪とも零れし卓に朝陽さやけし

病床の汝《な》がため撮りし桜みち黄葉《きば》あかき葉のモザイクつづく

〈喪ひ〉を深く知りたる季《とき》めぐりつのぐむ花にさへやさしぐむ

人はいさ死の後《のち》知らず生のうち死に触れむ瞬《しゅん》ありや　うぐひす

黄金《わうごん》の花粉の豪奢まとふ鳥待つや深紅の椿闌《た》けつつ

ビル大の空虚《うつろ》をそこに立たしむと春の重機の掌《て》が壊しゆく

ビル失せし更地の土に芽吹く草つかのまの生が陽を浴みてをり

さくら木の〈樹木葬〉あり碑の字さへ薄れむ春も花散らしゐむ

〈樹木葬〉屍《し》を根の抱く葬ならば巣立てる鳥となるやたましひ

墓として立ちたる巨樹の洞《うろ》もたばいかなるけもの命宿さむ

樹が魂《たま》を宿らすならば差し伸べる枝にも鳥の来て語るらむ

Ⅳ

つきかげの真珠《たま》

大輪のひかりの豪奢枯れ初むる蓮田みちわが車ゆきたり

複眼のごとき花托《かたく》ら曝されて素枯《すが》れつつあり九月の蓮田

三県の境またがる長き橋　川面《かはも》の映す幽明を越ゆ

多度大社越えて入りゆく山深き道なり他界よりの追ひ風

単線の錆びし鉄路は異界めく山より出でて山に消えたり

ひとの墓近くなりたること告げて彼岸花繊《ほそ》き紅ゆらしをり

喪の色としてくれなゐを戦《そよ》がする曼珠沙華招《を》く君が墓処へ

〈キリストは永遠《とは》の命を与ふ〉とふ看板の見ゆ曝《さ》れし山家《やまが》に
たましひの座敷牢めくうす暗き竹林過ぎぬ参墓まひるま

菰野《こもの》とふ地名の響きふと風の暗めり花の満ちたる墓所に

迷へるは蟻はた吾《われ》か汝《な》が墓碑の〈南無阿弥陀仏〉の〈無〉の彫りのなか

掌《て》を合はす墓標の向かうたたなづく青山にしてきみがまほろば

声あらず語らふ蝶らもつれ飛び墓所《はかど》のわれの頭《づ》を越えゆけり

秋空と雲を想はす竜胆と白菊供へきみを喚《よ》びをり

蓮の田の葉裏しらじら波うてる秋陽まぶしも墓訪《と》ひしのち

雲紡ぐ女人のありや絹のすぢながせる白に沿ひて帰らむ

穴底に滑り落ちたるそのままに空見る日々や　白雲の笑む

思はずも抱きて胸に苦しみし痩せ果てしその肩を想へり

〈ひまはり〉も共に観たりき幾万の死の大輪の戦《そよ》ぐ映画を

フェリーニの〈道〉の荒くれ喪《な》くしたるものの大きさ知りて遅かり

ザンパノのごとく哭くとも〈ＦＩＮＥ《フィーネ》〉の字浮かび来るなし現《うつつ》の夜々は

網目なす酸漿《ほほづき》供ふ　破《や》れ果てし心と見ずや女《ひと》の遺影は

ひとふさのぶだう明りを供へたる遺影のひとや秋の笑まひす

涙とふ字のなか〈戻《れい》〉のひそめるに君は戻らず遺影にじめり

たましひは苦に歪《ひづ》みつつ終《つひ》に吐く真珠《たま》と思はむ月かげの澄む

存在の翳

おほいなる杉に瞑《つむ》りて手《た》触《ふ》れゐしきみ想ふなり神木の辺に

雲あふぎ果てし武尊《みこと》や鳥影は泉神社のわれ過ぎゆけり

鳥かげは翔け去りゆけり生《せい》のみづ共に汲みたる汝が魂《たま》かとも

山神とふましろき猪《しし》も飲む水か陽のさゆらげり伊吹山の辺

Across the Universe 共に聴きたりき吾《あ》を貫きて君は過ぎたり

鳥居くぐり朝あさ願ひし君が生《せい》　ねがふことわが癒しなりしか

生きをらば母が米寿の一《ひと》日《ひ》なり飯《いひ》炊きてその秋の香《か》供ふ

ともに見し晩秋よりも楓《かへで》葉《ば》のいろ沁みるなりひとりの眸《まみ》に

遺影あれば遺影はひとり老いゆかむ吾見るのみぞ柿の朱《しゅ》を置く

杖得なば蔦《つた》唐草の紋様か絡めとられて佇《た》ちて朽つべく

幽明をきみと分かてり笹の葉のささめく小雨《こさめ》こゑのかそけさ

散りゆきし楓いくひら五指折りて君なき秋を永久《とは》に数へむ

合掌のときのみ出会ふ左右《さう》の手相かたみの相違《さうゐ》問はしむるとも

ひとりなる吾を視《み》る何たそがれのかぼちゃの虚《うろ》の眸《まみ》燈されて

世界なにか動きつつあり残照のかへでかへるでただあかく炎《も》ゆ

映れるはあをき地球の影なるに血紅にじむ皆既月食

にんげんといふ存在の翳《かげ》ならむ月蝕は昏き血のいろに満つ

友逝く

若き日にギター奏でし友の手を取りき眼はなほ生の意志見せ

ブルースに拘りあれば続かざるバンドなりしよ友の音楽

癌の身となりても酒を断たざりし益荒男ぶりも汝《なれ》に相応し

ギターから替へて真剣まで振りし居合術なり友に似合ひき

弧を描く白刃の光《くわう》はつはるの空に見せにき作務衣の君は

ともに鍋囲めば友の酔ひ語り国難憂ひし日々もありにき

友のする整体わが身は練習台喚《おら》ばしめにき骨鳴らす音

いつか炉に晒さるる骨　われの身にありて治療の指の圧《あつ》受く

神経の分枝のさまのまざまざと電走りたり　指《し》圧《あつ》されつつ

癌なりし友の葬想ふ　炉を出でし火照りは骨《こつ》の生《せい》ある如し

武に生きし友が白骨いまいちど起《た》つと熱《ほて》るや葬りの台に

〈称念院釋興仁〉の仁の字にきみが生《せい》見ゆ一仁《かずひと》が生

夕映ゆる〈楽園町〉にさむざむと鉄塔立てり葬の帰り路

ひと在らず友も逝きたる冬のそら星冴えてわれに雫散らせり

魂明り

あづさゆみ春の土筆《つくし》の尽くし得ぬ思ひにぞ生くいのちの苦さ

ホスピスの汝《な》がため撮りし並木みち桜散りをり画素《ピクセル》のごと

行き処《ど》なきはなびら集ふ花いかだ載《の》すべき魂《たま》や待ちてたゆたふ

桜咲く季《とき》に生まれて桜散る日にぞ逝きにき花に目守《まも》られ

さくら森ぬけし黒猫まつはれる淡《うす》くれなゐや誰《た》が魂《たま》の欠片《ひら》

欠落のつひに埋め得ぬわが生と知らしめて桜まなかひに満つ

魂《たま》明りとも花明り見ゆる苑きみなき春をかさねゆくのみ

幾万のはなびらのこゑ籠らせて桜満ちたり真夜のしじまに

漆黒の寂たたへつつピアノあり花吹雪かつて映したりしか

花の香のごとくアリアの漾《ただよ》へる〈レクイエム〉聴きあした待ちをり

あとがき

本集は前歌集『夢何有郷』以降の十二年間の作より二四〇首を選んだ第六歌集である。ずいぶん間が空いてしまった。なぜかと言うと、六年前に自分では長年「相棒」と内心呼んでいた女性の死があったことが大きい。現実の死別をまったく度外視して歌集をまとめることも出来たが、やはり一冊くらい死者と自分のためにまとめたものがあってもいいだろうと思ったことから、自分なりに歌集になるにはつまりそれくらいかかったのである。

ハビタブル・ゾーンというのは一言で言えば「地球の位置」ということだが、集の最初の一連にある「冬部屋の陽に身を伸べつ想ひ出の生存領域《ハビタブルゾーン》きみがほほゑみ」から取った。

本集が書肆侃侃房の「現代歌人シリーズ」の一冊として刊行される僥倖を思う。長らくお待たせしてしまった田島安江さんはじめ御一同に感謝したい。

二〇二三年一月八日

大塚寅彦

■著者略歴

大塚寅彦（おおつか・とらひこ）

1961年5月17日、愛知県生まれ。
1980年中部短歌会入会、春日井建に師事。
1985年『刺青天使』以降歌集五冊を上梓。
中部短歌会「短歌」編集発行人。

中部短歌叢書第三〇九篇

「現代歌人シリーズ」ホームページ　http://www.shintanka.com/gendai

現代歌人シリーズ36

ハビタブルゾーン

二〇二三年四月八日　第一刷発行

著　者　大塚寅彦
発行者　田島安江
発行所　株式会社　書肆侃侃房（しょしかんかんぼう）
〒八一〇・〇〇四一
福岡市中央区大名二・八・十八・五〇一
TEL：〇九二・七三五・二八〇二
FAX：〇九二・七三五・二七九二
http://www.kankanbou.com　info@kankanbou.com

DTP　黒木留実
印刷・製本　アロー印刷株式会社

ISBN978-4-86385-564-9　C0092

現代歌人シリーズ

四六判変形／並製

1. 海、悲歌、夏の雫など　千葉 聡　144ページ／本体 1,900 円+税
2. 耳ふたひら　松村由利子　160ページ／本体 2,000 円+税
3. 念力ろまん　笹 公人　176ページ／本体 2,100 円+税
4. モーヴ色のあめふる　佐藤弓生　160ページ／本体 2,000 円+税
5. ビットとデシベル　フラワーしげる　176ページ／本体 2,100 円+税
6. 暮れてゆくバッハ　岡井 隆　176ページ（カラー16ページ）／本体 2,200 円+税
7. 光のひび　駒田晶子　144ページ／本体 1,900 円+税
8. 昼の夢の終わり　江戸 雪　160ページ／本体 2,000 円+税
9. 忘却のための試論 Un essai pour l'oubli　吉田隼人　144ページ／本体 1,900 円+税
10. かわいい海とかわいくない海 end.　瀬戸夏子　144ページ／本体 1,900 円+税
11. 雨《ふ》る　渡辺松男　176ページ／本体 2,100 円+税
12. きみを嫌いな奴はクズだよ　木下龍也　144ページ／本体 1,900 円+税
13. 山椒魚が飛んだ日　光森裕樹　144ページ／本体 1,900 円+税
14. 世界の終わり／始まり　倉阪鬼一郎　144ページ／本体 1,900 円+税
15. 恋人不死身説　谷川電話　144ページ／本体 1,900 円+税
16. 白猫倶楽部　紀野 恵　144ページ／本体 2,000 円+税
17. 眠れる海　野口あや子　168ページ／本体 2,200 円+税
18. 去年マリエンバートで　林 和清　144ページ／本体 1,900 円+税
19. ナイトフライト　伊波真人　144ページ／本体 1,900 円+税
20. はーはー姫が彼女の王子たちに出逢うまで　雪舟えま　160ページ／本体 2,000 円+税
21. Confusion　加藤治郎　144ページ／本体 1,800 円+税
22. カミーユ　大森静佳　144ページ／本体 2,000 円+税
23. としごのおやこ　今橋 愛　176ページ／本体 2,100 円+税
24. 遠くの敵や硝子を　服部真里子　176ページ／本体 2,100 円+税
25. 世界樹の素描　吉岡太朗　144ページ／本体 1,900 円+税
26. 石蓮花　吉川宏志　144ページ／本体 2,000 円+税
27. たやすみなさい　岡野大嗣　144ページ／本体 2,000 円+税
28. 禽眼圖　楠誓英　160ページ／本体 2,000 円+税
29. リリカル・アンドロイド　荻原裕幸　144ページ／本体 2,000 円+税
30. 自由　大口玲子　168ページ／本体 2,400 円+税
31. ひかりの針がうたふ　黒瀬珂瀾　144ページ／本体 2,000 円+税
32. バックヤード　魚村晋太郎　176ページ／本体 2,200 円+税
33. 青い舌　山崎聡子　160ページ／本体 2,100 円+税
34. 寂しさでしか殺せない最強のうさぎ　山田航　144ページ／本体 2,000 円+税
35. memorabilia/drift　中島裕介　160ページ／本体 2,100 円+税

以下続刊